句集

春光

岡副佐代子

文學の森

序

春光の日毎に力増しにけり

二月頃だったか、佐代子さんのご子息（以下、好信さん）の訪問を受けた。お母さんの句集発行の件だった。佐代子さんはここ七、八年入退院を繰り返され俳句を通しての交流は乏しかったので、その間も俳句への情熱を燃やし続けておられた事実を知り感動した。

活字中毒といわれるほど佐代子さんは読書が好きであり、俳句の力量、精進の強さはかねてからよく知っていたので、句集を発行されるお気持を心から嬉しく思った。

それぞれの辞書に手が出る秋灯下
秋灯や一気に残り読み終ふる
読み疲れ編み疲れよき秋灯下

佐代子さんとの思い出の中で心に深く残っていることが一つある。それは、一番知識欲が旺盛な女学校時代、多くの時間を工場に動員され、学業に専念する時間が乏しかったという、いかにも残念そうなお言葉だった。その時、「ああ、こんなにも学問好きな人がいるのだなあ」と心底思ったものだった。

好信さんと打ち合わせしていて、図らずもそのエピソードを裏付ける話が聞けた。一つには、彼女の心の支えが俳句や読書などの文学活動であることだ。彼女のベッドの周辺には歳時記や辞書があるだけで、他の物はないそうだ。

もう一つは、好信さんらが小さい時、おねだりして時に駄目といわれたこともあったが、本を買うという願いだけは断られた記憶がないという話だった。先に挙げた三句には、こういう文学好きな一家の一端が垣間見えて微笑ましい。

そのような本格派が今自分の句集を出版しようとしている。一冊の本が呱々の声を上げようとしている瞬間を共有できることは、私にとってもこの上ない喜びである。

朝夕の研水こぼす濃紫陽花
手の抜けぬ家事ばかりなり木の葉髪
足音を聞きとめ休む毛糸編み

佐代子さんは、創刊同人などを除けば「煌星」では一番早く実力で同人になったお一人だ。

聞けば、若い頃縁あって中村汀女さんの指導を受けたことがあるそうだ。今も「紙片はいつもポケットに入れておき、気が付いたことを記しておきなさい。句材さえあれば自然と言葉は浮かんできます。季語も後から付いてきます」という教えを実践しているそうだ。

右の句からも分かるとおり、佐代子さんはよき家庭人である。と同時に実に器用な方でもある。子供さんのセーターなどは自分で編まれたそうだし、ソファーのカバーや花瓶敷きなど今も残っているものもあると聞く。

幸せな時間のゆとりは、佐代子さんを絵に音楽にと向かわせる。

〔絵〕

穂芒や海はしづかに夕日呑む

山茶花に庭を斜めの陽射しかな

一湾に一帆の影や春霞

近景に穂芒を置き遠景に沈む夕日を配する句。山茶花に射す斜めの夕日。海にヨットを浮かべ全体を霞で覆う。いずれも見事な絵画である。

水からもひかりを返す猫柳

立ち上がる波のうしろの梅雨の闇

東西に天を分かちて揚雲雀

絵心は俳句にも生きている。彼女の句のよさは透徹した写生にあると言っても過言ではない。早春の水と光りあう猫柳のまぶしさ、立ち上がる波のうしろの闇まで見ている眼力、東西に天を二つに裂いて啼き揚がる雲雀。立派な写生句と感心する。

〔色〕

蓬摘むうすむらさきの茎寄せて
葉桜に音なき雨の蒼さかな
紫陽花の愁ひの藍の深さかな
陶と磁の白のふかさに秋思かな
薄き日の色となりゆく秋の蝶
春蘭や白一輪の薄明り

色使いも巧みで、緑と決めつけている蓬にうすむらさき色を見、葉桜に降る雨に蒼い色をつけ、果ては愁いという思いにまで藍色を感じたりする。白という透明な色に底知れぬ深さを感じ、秋の蝶には薄い日の色をつけ、可憐な春蘭に薄い明りを当てて浮き上がらせる。豊かな感性に満ちた方だと思う。

〔音〕

秋冷といふ風音の中に入る
木の家に木の実降る音やはらかし
さはさはと青空を汲む新茶かな
雪と雪触れ合ふ音の静かなる
乾く音障子の外の柿落葉
水澄めば水の底まで風の音
雷鳴のとどろく風の青さかな

豊かな感性は聴覚にも発揮される。歩み入ることを「風音の中に入る」と感じる感性は抜群だし、一句目の「木の家に木の実降る音」をぶつけての音も何ともやわらかい。新茶の句もこの上なく爽やかだし、雪と雪の触れ合う音を聴ける耳を私も欲しいと思う。柿落葉を「乾く音」と聞き、水の底まで吹く風の音も水の澄明度を詠って秀逸だ。鋭く走る雷の閃光は青色をおいて他に色はない。音楽はジャンルを問わず好きという、小さい頃から鍛えた音感が発揮されている。

秋の蝶かげをつくらぬ高さかな
なか空の座標の揺れや夏の蝶
蛍の火闇もろともに掬ひけり
闇の中闇が流るる蛍の夜
光みな水でありけり枯蓮田
一樹づついのち張りつめ冬木立
落葉踏むひびきを雲にあづけつつ
山の音やがて沢音西行忌
つよ霜の重き箒目のこりけり

干魚のまなこ見ひらく寒旱

その集大成が右記の句かと思う。佐代子さんの句の特色は、さらりと詠んで味があるところにある。それは単なる表面描写でなく、身のうちに一旦対象を取り入れ、それを消化し、醇化し我が物としているからである。

高く飛ぶ蝶を「かげをつくらぬ高さ」と見、揺れて飛ぶ蛍の飛翔を「座標の揺れ」と見る表現。蛍と闇の関係も絶妙だし、光がみな水であるという眩しさ、命を張りつめる句は冬木立という季語の本意そのものだ。軽やかに落葉を踏む音を雲に預けるという措辞も巧みだし、山の音から沢音へと移る推移もスムーズだ。つよ霜に残る重い箒目、寒旱の中で見開く干魚のまなこも印象的だ。

表記も巧みで、清音を多く使い、平仮名が似合う句が多い。作品全体が上質な水彩画に仕上がっていて、爽やかな初夏の風に吹かれている読後感がある。育ちにも由来するのだろうが、絵を習い、音楽に親しんだ趣味の豊かさと、何よりも活字中毒という程の文学好きが語彙の豊富さとなって現れている。豊かな作品群の実りを祝福したい。

しかし、

胆石を五つ秘めけり石蕗の花

のしかかる疲れや春の雨を聴く

冬型にはめられていくわが心

の句などに見られるとおり、彼女の闘病生活は長い。早いご回復を願うこと切なるものがあるが、

吹雪来て闘ふ森となりにけり

冴返る月に真向かふ鬼瓦

己が身の透きゆく滝に対ひ佇つ

のように芯の強い彼女が闘えば、病魔に打ち勝つ日も遠くないと思う。

水際のひかり集めし猫柳
木蓮の光をまとふ白さかな
水仙のはづむいのちを束ねけり

など、光溢れる日々が一日も早くくることを願ってやまない。

平成二十七年　夏越の祓の日に

石井いさお

句集　春光――――目次

装画・カット　著者
装丁　文學の森装幀室

句集　春光

しゅんこう

春光

近作より

五日はや戻り賀状のまじりけり

年ごとに減る年賀状読みかへす

四人目の子の名もつらね賀状くる
ひらがなの賀状ひらがなでかへす

眼を通す前の一服年賀状

暖かき山ふところの二三軒

暖かな雨に打たるる二人連れ
春の雲一つ離れて浮かびをり

薬師寺

春の雪降る東塔に西塔に

一湾に一帆の影や春霞

春光の日毎に力増しにけり

木洩れ日にはや春光の力あり

のしかかる疲れや春の雨を聴く

地に堕ちし星のごとくに黄水仙

春一番古りし帽子を奪ひけり

駅前も駅も変らず春の泥

春泥を来て木の香り高き家

春の潮運河に満ちて豊かなり

芹摘みの行く手行く手の水光る

山の音やがて沢音西行忌

お水取明ければ雀日和かな

東西に天を分かちて揚雲雀

二羽遅れつつ音もなく雁帰る

梅林の蜜蜂の箱遠まきに

若鮎の魚梯に腹を光らせる

菜の花や灯台見えて海見えず

ときをりの水のささやき猫柳

堰に来てたゆたふ水や猫柳

跳べさうな流れの向かう猫柳

水からもひかりを返す猫柳

梅咲くや薄紙ほどの昼の月

白梅とおもふ蕾のうすみどり

花筏ゆらと暗渠に吸はれけり

吉野千本桜

千本の色をしぼりて花の谷

花を出て花に消えゆく修行僧

盆栽に豆つぶ程の松の芯

メトロノームピアノの上の薄暑かな

梅雨なれば梅雨の色なる街路灯

香をたき経を写せり青葉風

水張られ田ごとに水の鏡かな

掛け軸は大師の仏画夏座敷

青き香を残しほうたる光り去る

朝顔の双葉はじけてならびをり

凌霄花高く乱るる山の家

雨脚に色の浮きたつ濃紫陽花

朝夕の研水こぼす濃紫陽花

海風の止めば山風花蜜柑

深呼吸して万緑を近づけし

深々と椅子に腰かけ夏木立

木の橋を渡る木の音秋の音

夜明けまで眠れずじまひ秋の果

朝寒やぬくめてあけるジャムの蓋

秋晴れの明るさ家の内までも

稲妻や闇夜の海に突きささる

杖すこし長きと思ふ盆の月

夜業終へ声高に過ぐ看護生

夜もすがら菊人形の灯されて

黄落や亡夫の職場を避けてゆき

短日といへど一日老いにけり

冬型にはめられていくわが心

干魚のまなこ見ひらく寒旱

木枯や又廃業の店一つ

吹雪来て闘ふ森となりにけり

直視する冬の朝日の澄めること

雲拭ふ力もつきて山眠る

水涸れて中洲広がる大河かな

水けむり上げて寄せくる冬の濤

人減りし村を抱きて山眠る

残る葉を揺らし落として落葉焚く

冬帽子被りしままに立話

セーターの買ふ色決めてありピンク

セーターに去年の日ざし残りをり

寒紅の色海の色濃かりけり

くしやみして腰骨ひどく響きけり

手の抜けぬ家事ばかりなり木の葉髪
テレビには暖かく見ゆクリスマス

寒鯉のゆきてもどりて元の位置

動くともなき寒鯉の動きかな

寒鯉が跳ねて高まる耀の声

寒鯉の泳ぎをさそふ日ざしかな

寒鯉の生けるしるしの泡一つ

眼には動く余力や枯蟷螂

凍蝶やハタハタと落つしなやかに

追伸に白鳥来しとありにけり

陽の中によろこびありて落葉踏む

柔らかに湿る落葉の路を踏む

落葉掃き言ひたきことは落葉に言ふ

僧と犬ともに落葉を踏みてきし

水仙のはづむいのちを束ねけり

茎立ちて水面に黒く蓮枯るる

枯蓮の流るるがごと揺れ動く

黒光る田に枯蓮の茎たてり

胆石を五つ秘めけり石蕗の花

そこだけに日当るごとし冬紅葉

滝

平成十六年～十七年

色褪せし旧仮名歌留多亡母憶ふ

波しづか海またしづか春立ちぬ

すべり落つ雪地響きをともなひて

細波の絶えぬ四月の海光る

冴返る月に真向かふ鬼瓦

御仏の千のまなこや春深む

橋脚の渦春光のすきとほり

白き帆の動きわづかや春日和

一粒の貝にも春の光さす

春風や海の匂ひの魚問屋

母の忌や深き闇なり遠蛙

どの枝もたしかな芽吹き風抜くる

水際のひかり集めし猫柳

残照をしばしとどめて花の雲

木蓮の光をまとふ白さかな

野仏の頭巾新し梅ひらく

わが梅の花僅かなりよき香たつ

紅梅の花びらを雨溢れけり

影もまた同じ形の葱坊主

菜の花や街道一気に明るうす

菜の花に目のやすらぎを得し車窓

梅雨に入る火の神の護符まあたらし

み仏も草木も人も梅雨の中

蔓草の宙にのびたり梅雨晴間

立ち上がる波のうしろの梅雨の闇

歩道橋鉄の臭ひの炎天下

炎天下吾が影の他何もなし

雷雲の峰より崩れ暮れ易し

雷鳴のとどろく風の青さかな

大青田木曾三川を引き寄せて

滝となる水の樹海をくぐり来て

己が身の透きゆく滝に対ひ佇つ

木曽川に夜振りの灯りたゆたへり

渓流の庭続きなる避暑の荘

水底に四肢の影揺るみづすまし

蛍飛ぶ闇に田水の流る音

月宿す田水ふるはせ蛙鳴く

風湧くや虚空に溶くる夏の蝶

百合の香や五感一気に目ざめたる

雨になる前の暗さや花菖蒲

影落ちて池の底まで花菖蒲

紫陽花の薄紫の重さかな

一途なる向日葵に空奪はるる

蕗の葉に音たて太き山の雨

燃える雲みな燃え尽し秋の暮

風騒の木を眺めゐる暮秋かな

秋来ぬと耳に訪ふものありて
秋冷といふ風音の中に入る

稲光一山越えし辺りかな

月さして仏間の闇のゆるびけり

鰯雲満ちて余白のなかりけり

鰯雲天の岸辺に寄する波

山暮れて水響きあふ崩れ簗

それぞれの辞書に手が出る秋灯下

陶と磁の白のふかさに秋思かな

鵙高音ふつと頬杖はづしけり

風に飛び風にさからふとんぼかな

秋の蝶かげをつくらぬ高さかな

空澄みて鵙の高啼き始まりぬ

伊吹山間近にせまり稲の花

銀杏散りつくし太陽ぢかに受く

曲がり角小菊が溢れ陽が溢れ

芒原天へあふるるものもあり

逆光に尾花は景色奪ひけり

風有りや無しや芋の葉ひるがへる

穂芒や海はしづかに夕日呑む

きびしさが指先にきて冬に入る

白障子さつと消えたる冬日かな

遠山の襞くつきりと寒の入り

やはらかな風となりゆく四温かな

おもひきり雪撥ね凛と竹一枝

雪と雪触れ合ふ音の静かなる

海に沿ふ町の風花海に消ゆ

山覆ふ雲の砕けて雪時雨

冬の川三筋にわかれ堰を落つ

冬の海空の一線なかりけり

ゆつたりと農夫一服冬の耕

寒灯下己の影が先になり

足音を聞きとめ休む毛糸編み

探梅に己が影踏む日和かな

枯菊を焚けばほのかな仏の香

山茶花に庭を斜めの陽射しかな

一樹づついのち張りつめ冬木立

寒林や落日隠れなきままに

蛍

平成十八年

弛みきし心に不意の余寒かな

春めくと川は流れを速めけり

観音の素足冷たき花曇

春雷の連れきし雨の夜となれり

ヨットの帆見えて空なき霞かな

膝くづすことためらはれ雛の前

蓬摘むうすむらさきの茎寄せて

囀の樹下野仏と同座せり

春蘭や白一輪の薄明り

天を指す白木蓮のつぼみかな

淡き影まとひまんさく咲き満てり

雀らに桜蕊ふる日和かな

田の闇をうばひて勢ふ遠蛙

吹き溜まる落花両手にひと掬ひ

落花舞ふ真昼の翳の中にあり
芽柳の吹かれて枝の絡みをり

木洩れ日の届かざる凹山すみれ

人も陽も入らぬ高嶺につつじ炎ゆ

肌色の長き首もち土筆立つ

花は葉に老いの歳月矢にも似て

六月の雨六月の花の色

物一つ動くことなき酷暑かな

音たてて夜に入りたる梅雨の堰

地に動くもの炎帝に操られ

大股に通りし僧の麻衣
ひとり見る哀しみを見る遠花火

新茶もむ老いに手練のたなごころ

夕月に祭提灯ともりそむ

蛍の火闇もろともに掬ひけり

闇の中闇が流るる蛍の夜

水面より太陽に飛ぶ水すまし

翅開き立つにはあらず梅雨の蝶

葉桜に音なき雨の蒼さかな

若葉風動きあるものみなひかり

神苑は平安絵巻かきつばた

新樹光日ごとに翳を深めゆく

鉄線にしばらく荒き昼の雨

睡蓮に寄せては消ゆる雨の紋

紫陽花の愁ひの藍の深さかな

金星とささやき合へる今年竹

磨崖仏高きに咲けり桐の花

万緑を突き抜け天守聳えをり

ひとしきり風の梳きゆく苔の花

歳時記を読む秋の闇ひろびろと

夜半の秋みしりと家の鳴りにけり

稲光閃光闇を真っ二つ

鱗雲天に白竜横たはる

薄雲の薄きを映す秋の水

秋灯や繰ればば新刊書の匂ひ

読み疲れ編み疲れよき秋灯下

流されず流れず浮かぶ崩れ簗

杉木立万灯籠の灯に浮かぶ

盆太鼓胸板厚きものばかり

悲しみは祈りで消せず終戦日

薄き日の色となりゆく秋の蝶

つつきつつて行く野の道や虫時雨

秋蟬として鳴き終る閑かなり

行き行きてひとすぢの道稲の花

大粒の葡萄ひとりで嚙みしむる

街灯に照らし出されし青銀杏

つゆくさのつゆの紫いよよ濃し
待ちかねて青き蜜柑を供へけり

木の家に木の実降る音やはらかし

打ち寄せて波は冬日を浴びにけり

凍つる道小石も砂も動かざる

凍天に乾きし星のうつくしき

形相のけはしき仁王夕時雨

直立の杉山眠る深雪かな

風花の街に行先なきごとし
降りしきる雪をよぎりて鳥翔くる

融けはじむ雪や瓦の美しき

雪を抱く伊吹や人を寄せつけぬ

冬落暉山半分を焦がしけり

潮騒の音ふところに山眠る

夕茜雪嶺の襞染めのこす

光みな水でありけり枯蓮田

遠山は寝釈迦のごとし眠りけり

水甕に陽の透きとほる初氷

伐採の音また訝梅探る

里神楽農夫面つけ神となる

水鳥の空眩しくて水もまた

乾く音障子の外の柿落葉

落葉踏むひびきを雲にあづけつつ

新茶

平成十九年

初御空神宿りしか朱に燃ゆる

春昼や音ももらさぬ砂時計

まんまるの雀餌を待つ早春の朝

航跡のひとときは白し春の風

黄砂来る杉の花粉を引き連れて

春の月取り忘れたるシャツ照らす

干鰈骨透かしゐる日和かな

春眠のけふもこの世に目覚めけり

植木市くくりし藁の匂ひけり

涅槃図の濁世の彩を極めたり

田の水面影走らせて燕とぶ

巣つばめに真昼の音の絶えにけり

一片の光となりて花吹雪

ものの芽や叫びは暗き天のぼる

庭の梅ゆふべは二輪けさ五輪

柳絮とぶほどの風出て日暮れけり

校庭のしんかんとして柳絮とぶ

月光を受けてよそほふ山桜

人も木もふたたび芽吹く同じ位置

藤棚の風音も無くささめけり

梵鐘の重く鎮もる藤の花

一輪の梅のピンクが輝ける

梅雨の月羽化せむものを思ひをり

ガラス戸に粒点々と驟雨過ぐ

驟雨去り白き箱部屋赤く染む

雨蛙鳴く闇深くのぞきけり

大青田山と川とに従へり

大花火川面に粒を落としけり

さはさはと青空を汲む新茶かな

地に置きし桶の金魚の鎮まれる

なか空の座標の揺れや夏の蝶

混みあへる布袋葵の花の彩

楠若葉濃尾平野の漲れる

睡蓮の葉の上走る雨の粒

百日紅大きな耳の観世音

紫陽花の毬の競へる水鏡

雨の路地紫陽花の毬阻みをり

濁りたる水は動かず蓮の花

蓮の葉に雨後の雫のころがれり
風去りてゆくとき蓮の花の揺れ

凌霄花ゆつたり宙に遊びをり

手入れなき庭にのびのび草茂る

夜明け前秋の雷門扉打つ

月光の橋渡りゆき人訪はむ

星は座をゆづらず露の犇めけり

山門をくぐりてよりの秋の風

秋空に心飛ばして憩ひけり

水澄めば水の底まで風の音

意のままにならぬ足許秋の灯に

秋灯や一気に残り読み終ふる

駅裏の瓦礫の山やちちろ鳴く
かなかなのいつしか消ゆる夕餉かな

一匹の虫も鳴かざる夜のあり

餌を散らす鴨の嘴色冴ゆる

黄落をあやつる糸は千千に揺れ

遠伊吹くつきり見えて柿の艶

柚子の黄の最も光る厨かな

曇天の虚空を占めて梅擬

蓮の実にあけぼのの色残りけり

曼珠沙華咲けど近寄ることもなし

落下して柿の容を失へり

南天や実をついばめる鳥に揺れ

摘み残す柚子に集まる鳥の群

夜明けまで荒れ模様とか春隣

つよ霜の重き箒目のこりけり

凍星のあまたまたたくこともなく

若狭まで鯖の道あり初時雨

おとろへし眼ににじむ冬銀河

鵜の籠の干されてゐたり寒日和

立ち上がる濤の日に透く冬怒濤

眠りたる山より谺返り来し

涸川といへども淵の蒼深む

風やみて落葉の匂ふ日向ぼこ

木の葉降るかすかに幹に触れもして

落葉掃く人を見てをり観世音

月にすがりては瞬けり返り花

寄辺なき風となりけり枯山水

咲く意志を刺に集めて冬薔薇

水仙や重なり合ひて競ひ咲く

暫くは枯葉ふむ音たのしめり

裏庭や柊の花他を圧す

枯大葉今はお皿の役目持つ

あとがき

音もなく小雨が、庭の樹々をぬらしております。もう梅雨の季節を迎えました。最近、ことのほか季節の移ろいが速く感ぜられ、光陰矢の如しを実感しております。

石井いさお先生には、このたびの句集出版という突然のお願いを、ご多忙の身にもかかわらず、快く引き受けて頂きました。かねてから念願だった句集ですが、何も解らないままご相談申し上げたところ、選句のみならず、出版までの手順について懇切、丁寧にご指導頂き、さらには身に余る序文までお寄せ頂きました。心より厚く御礼申し上げます。

俳句はわたしの大切な友であり宝でもあります。病床では慰められ、痛みを忘れさせ励まされ、随分と助けられました。歳を重ねても作句力だけは失いたくありません。以前のようにすべてを自分のものとして考え、心に留めていた力が弱ってきたのではと反省の日々ですが、句会での先生の数々の教えを折に触れては思い出し、体力と共に仲良く付き合ってゆくつもりです。

全く見知らぬ地、桑名で多くの友人を得たのも俳句のお蔭です。度々の入退院にも、句友の励ましがずいぶん慰めになりました。句友の有難さが身に染みた想いです。再び句会で、もう一度、机を並べて皆さんと討論できる日も遠くはないと感じております。

この句集は「煌星」入会後のおよそ十年余りの句を中心にまとめました。改めて読み返してみて、とてもみなさまにほめて頂けるような句はないなと思いながらも、〝米寿〟という人生の通過点で句集を編む決心をいたしました。今一つは、わたしの二人の子どもたちに何も残してやれるものはありませんが、この句集をささやかな贈り物として届けたいというのが、わたしの願いでございます。

末尾となりましたが、石井いさお先生をはじめ、「あやめ会」「煌星」の句友のみなさまには随分励まされ、助けられてきました。念願の句集出版ができましたのも、みなさまのご支援があって初めて叶ったことと、この場を借りて深く感謝申し上げます。

また出版に際し、わたしの体調を慮って粘り強くお付き合い頂き、かつ我儘な申し出に対し素晴らしい装丁で答えて頂いた「文學の森」の方々に、この場を借りて厚くお礼申し上げます。

平成二十七年六月吉日　梅雨の庭を見ながら

岡副佐代子

著者略歴

岡副佐代子（おかぞえ・さよこ）

昭和３年11月17日　名古屋市熱田区生まれ
昭和19年　愛知県実務女学校（現・県立瑞陵高校）卒業
平成３年　「あやめ会」入会
平成16年　「煌星」入会
平成18年　「煌星」同人

趣　味　琳派の墨絵、押し花

現住所　〒511－0901　三重県桑名市筒尾5－8－5
電　話　0594－31－7080

句集　春《しゅん》光《こう》

発　行　平成二十七年十一月十七日
著　者　岡副佐代子
発行者　大山基利
発行所　株式会社　文學の森
〒一六九-〇〇七五
東京都新宿区高田馬場二-一-二　田島ビル八階
tel 03-5292-9188　fax 03-5292-9199
e-mail mori@bungak.com
ホームページ http://www.bungak.com
印刷・製本　小松義彦

ISBN978-4-86438-478-0 C0092